U0477741

湖岸
Hu'an publications®

不再努力成为另一个人

我 在 B 站 写 诗

B站网友 著

中信出版集团 | 北京

图书在版编目（CIP）数据

不再努力成为另一个人：我在B站写诗 / B站网友著
. -- 北京：中信出版社, 2023.1
ISBN 978-7-5217-4783-6

Ⅰ. ①不… Ⅱ. ①B… Ⅲ. ①诗集—中国—当代
Ⅳ. ①I227

中国版本图书馆CIP数据核字(2022)第173339号

不再努力成为另一个人：我在B站写诗

著　　者：B站网友
出版发行：中信出版集团股份有限公司
（北京市朝阳区惠新东街甲4号富盛大厦2座　邮编　100029）
承 印 者：北京中科印刷有限公司

开　　本：787mm×1092mm　1/32　　印　　张：6.5　　字　　数：25千字
版　　次：2023年1月第1版　　印　　次：2023年1月第1次印刷
书　　号：ISBN 978-7-5217-4783-6
定　　价：58.00元

服务热线：400-600-8099
投稿邮箱：author@citicpub.com

目 次

第二部　一起等春天

第三部　普通浪漫

第四部　不为人知的河流

序

当灰色的鸟儿站在窗棂上

余秀华

总之，九月是叫人欢喜的月份：燥热慢慢褪去，天空的蓝在加深，云也轻透了许多，曾经的旧人从田野里走过，身上却有了崭新的清冽。从春天开始勃发的生命现在开始收敛了起来，却莫名让人安心。九月的时间也是淡蓝色的，轻轻悠悠地在窗棂和房间里，在阳光和月光里飘荡；我仿佛刚从一口热锅里被打捞出来，一身水汽却仿佛还完好无损。

这个傍晚，一只小小的灰色的鸟儿站在我的窗棂上叫，它的声音没有特别婉转，朴素的，像裹了一层透明的棕色的光阴。我的窗棂就适合这样的鸟儿来停歇，它轻巧朴素，不带幻想，但是却如此玲珑。门口的树上有几只蝉在叫着，声音比在夏天温柔多了，嗯，这个时间段真是好，一切都变得从容了起来。

广场舞的曲子响起来了。听着那些俗烂而又温暖的歌曲，一颗心也被结实地按在尘世里，半生已过，我倒是活得越来越灰头土脸了。此刻，“诗歌”仿佛一个慈祥的老人，依在门口看着我，看我在这一段泥泞里滚得一身泥巴。我已经很久没有写诗歌了，它的面孔都变得有些模糊。它曾经怎样伸出手把生命之火举过来照着我的脸庞。

如此，我就是一个幸福的人。一个人有一个一辈子都不会丢弃的爱好，已经是对平凡的人生最高的奖赏了。我知道，许多和我一样默默无闻的人在许多夜晚写下长长短短的句子，这些奇妙的文字如同躺在水下面的圆月，通过细微的波浪看着他。他的心不知道有多满足啊！我倒不觉得那些人就能够成为诗人，好在“诗人”也仅仅只是一个称呼而已，如同“白菜”“地瓜”一样。

有人说，诗歌是属于年轻人的。因为那些长长短短的句子里蕴藏着生命最初的激情和长久的日子里的一份柔情，为什么有诗歌，因为有人，有人就有情。那些美好的感情多么值得记下来！诗歌怎么写倒不是一件很要紧的事情，有一颗诗心，人生就已经很美好了：它能够带你闻到最细微的花香，看到雨与雨之间的距离；其实“诗心”就是带着恩情去发现世界的心。

有人说诗歌是通灵的，这个说法我赞成。写作的时候必须集中精神，当精神高度集中的时候，才可能和神产生关联。何为通灵，就是身心对大自然，对一些无法言说的神秘现象充分地观察到，理解到，用自己的心给它一个来处和去处。我们在人间所做的任何事情都是为了了解自己的来处和去处，诗歌在某个程度上就是对这些感受的一个总结。

他们问我对青少年写诗歌有什么建议，其实我没有。有这个爱好就已经很好，能够写多久也不重要。说到底，诗歌是为心灵服务的，而心灵在点点滴滴的生活里才能完成它想要的面目。能不能一辈子写诗歌是一个人的宿命，坚持是坚持不了的，也是没有意义的。

我从来不觉得诗歌高尚和神秘，它本来就和我们的日常生活息息相关，它不是凌空而舞，一个人的人生经历和态度就是诗歌的基座。在我写作的过程里，有些人总是感觉我写的诗歌不够美好，太粗糙甚至旷野。但是诗歌是什么呢？是文绉绉的，把一件朴素的事情说得模棱两可、故作高深么？是翘起二郎腿只把眼睛盯着美好的事情么？

但是人世间哪有那么多美好的事情呢？如果换一种角度看，人间不就是一个炼狱吗？那些什么价值观、人生观、世界观不都是人与人之间的游戏里产生的附属品吗？而且这三观几乎在不停地变化，有什么神圣可言呢？有的人年纪大了就写不出来诗歌了，是因为他已经被这虚伪的东西磨去了本性。如同在监狱里的人，总是要被教育得乖乖听话的。

可能从我个人的角度谈诗歌是不合适的。因为毕竟我的身体和经历异于常人，我的苦难从来没有停止过，诗歌就是我在窒息之时的一个呼吸口。即便现在，我也觉得我就是一个普通人，那些区区名和利也是双刃剑，时常把我割得鲜血直流。很多时候，诗歌都无法阻止这样的淌血，我在问：为什么我的人生这么难？

他们回答我，每个人都不好过，人人都有自己的难处。

可是为什么人人都有难处呢？为什么就没有好过的那个人呢？我想，诗歌就是在寻找这个答案吧。其实万物相通，我理解的是不管做什么，只要心无旁骛，只要心神合一，就能找到生命或者宇宙的答案。每个人都是自己的诗人，只要我们知道自己最坚定想要的是什么。

这里就又要说到所谓的三观了，我们越是在年轻的时候知道自己想要的是什么，人生就会越容易。当然到了现在，我却不知道自己到底想要什么，所以我是一个糊涂蛋。或者说我只想要一个清清白白的人生，比较轻松的生活，结果我却活得人鬼不像。诗歌对抗不了残疾，残疾却成了诗歌的一个缝隙。

我觉得诗歌就是一个爱好，那些口口声声说诗歌能够改变什么才是狂妄的。诗歌不过是把一个人的心和灵魂呈现了出来，而一个人的灵魂就是对万事万物的慈悲和理解，如果有人产生共鸣当然最好，如果没有被人看到，也不会影响到一个人的精神富足。诗歌就是一个人对这个世界的理解，现在有了文字能够把自己的想法记下来，其实在没有文字的时候，诗歌就存在了。

诗歌是一双眼睛看到枝头的果实的时候发出的光亮；诗歌是两只猿猴在山洞里看天空里的闪电产生的惊讶；诗歌是第一次钻木取火的时候双手的颤抖；诗歌是阳光照到树叶子的水珠上的反光；诗歌是父亲逆光劳作时候的背影，是母亲月光里轻哼的歌曲；诗歌是我爱你却得不到你的苦楚，是我今夜的无眠……是眼前这本《不再努力成为另一个人：我在B站写诗》。

诗歌是万事万物，是一切可说和不可说的。甚至，我无耻地认为：我如此没羞没臊地活着也是诗歌的一个注脚。我在这样的静夜里，委屈着彷徨着，这些情绪都是我的东西，是构成我的独一无二的事物，有的我可以写出来，有的却无法写出来，但是它们存在着。蛐蛐儿在门口轻轻地叫着，我突然觉得我们的存在都是对生命的礼赞。

比如远方的你，我亲爱的陌生人，我的这篇文字会不会构成我们的一次重逢？

2022 年 09 月 07 日

于　湖北横店

写诗，写到最后是一种勇敢

项飙

夏天快要结束的时候，几年前一起参加过青年工作坊的年轻朋友辗转联系到我，问我有没有兴趣做个关于年轻人的网络田野观察。她说 B 站上出现了年轻人聚集写诗的现象，并发给我一本由此整理而来的诗集，就是如今你拿在手里的这本《不再努力成为另一个人：我在 B 站写诗》。古代文人有曲水流觞，一觞一咏；如今网友则是在评论区、动态和视频里应和赋诗，分享自己的生活体验。

作为一个常年观察“简中”互联网的人类学学者来说，这是个新鲜事儿。我很愿意为这本特别的诗集说点什么，不仅是因为我读完这些诗深受感动；也因为年轻人开始写诗，对我来说是一个重要的现象。我想在序言里表达我作为一个读者对这些作者的感激，也把我作为一个研究者的思考反馈给年轻朋友们。

1

为什么说年轻人又开始写诗是一件大事？我很认同诗人西川的一个说法：写诗的人和不写诗的人是不一样的。言说本身是一种行动。言说，一方面是在跟别人互动，另一方面也在自我调整、自我反思。言说在构造社会关系，也在重新构造自我。选择用什么样的方式言说，某种意义上来说也意味着你觉得自己是什么样的一个人，你要选择如何在这个世界上生活，选择如何处理与自己、与他人的关系。对我来说，年轻人中间出现写诗回潮，意味着一种新的生存方式，至少是关于生存方式的新意识的兴起。

从 20 世纪 80 年代至今，年轻人写诗至少经历了三个阶段。最早是北岛、顾城、舒婷他们的朦胧诗，比如“黑夜给了我黑色的眼睛，我却用它寻找光明”，抑或形容南国的木棉花“像沉重的叹息，又像英勇的火炬”。这一波的诗歌具有很强的哲理性。这种哲理性来自历史感，是这些年轻人站在历史的重要转折点所生发出来的感受。第二波是校园民谣。“民谣诗人”也是那时候兴起的，比如沈庆的《青春》，“带着点流浪的喜悦我就这样一去不回”。这类诗歌很强调意象，抒写对于生命滋味的感触。这些丰富细腻的意象，来自所谓“小我”意识的重新凸显。

对我来说，第三波年轻人写的诗是最有趣的，也就是如今这些年轻人的诗。今天年轻人的诗具有很强的经验性和直接性，它们是口语化的，非常直白。没有额外的哲理，没有意象的渲染，而是真诚、专注地描写个人状态和体验。这些诗句看起来不像“艺术”，但我觉得最深的艺术可能就在这里。

“我在办公室坐着 / 老板也在办公室坐着 / 我不知道老板在干什么 / 老板也不知道我在干什么”。比如这首《上班》，这种诗更像是一种观察方法。它具有很强的时间性和场景性，因为直接的观察，必然是此刻此地的观察。因此，它不会成为“永恒”，但这种直接现场观察，把生命经验敏感化，这对其他人来说具有很强的可沟通性。它可能不会永远流传，但是它在此刻产生有力的震荡。

B 站诗歌的可沟通性，也给我现在在德国的研究尝试一些启发。我们以往的文艺创作、思想学术往往强调历史的积累性，寻求所谓的“永恒”。如今，数字化使得大量内容可以被永远存储，在某种意义上永恒已经触手可及。对我来说，真正有意思的东西不再是永恒，流传后世，而是在于能够对当下其他人产生怎样的效果，激发读者对于自己生活的观察力和敏感性。

如果说第一波诗歌强调历史和哲理性，给你新的大脑；第二波诗歌注重意象，给你以新的皮肤，让你的感知和情绪更加敏锐；那么第三波诗歌就是直接给你一双眼睛，让你更敏锐地看你自己的生活。

这首《敷衍》也很简单，“嗯嗯 / 好的 / 我知道了 / 真的笑死我了”。看起来只是换行，但它帮助我们更清楚地“看”到了当下人际交流形式化、顺畅而无内容的现象。

因为是要“看”，所以写下来也就会是白描的方式。白描是对现象的直接描写，而不是抒情、不是哲思。这本诗集里充满了这样的观察主义、描写主义的诗歌。即使看起来比较抽象的也是如此。比如，“不要试图闯入我的灵魂 / 那样你会迎面撞上你自己”。这里的意思非常丰富，让读者遐想。作者没有提出一个哲理议题，也没有营造一个意象；诗句的力量是不带感情、不带判断、甚至不带反思的，来自对你和我的客观存在的关系的陈述。这就和人类学很接近了。

2

诗如人类学，人类学如诗。亚里士多德在《诗论》里区分过作为人类记录生活的方式的“诗”和“史”。当然，他所说的诗不同于狭义上的诗，而是包含戏剧和文学作品，尤其是古希腊悲剧。他说，历史记载发生过的大事件，这些事件很重要，但是它们具有很强的偶然性，不具有内在自洽的意义；而诗讲小事情，这些小事情是必然或者应该发生的，具有内在的合理性。一朵牵牛花在晨雾中绽放，这不是一个事件，但是它体现了生活里的必然，这是诗。我的爱应该得到回响，这是应然。我或者在等待这个应然，或者在为这个应然没有发生而苦恼。是这样的小事情或者无事件构成了我们生活的基础性内容。诗与人类学都在描述生活，而不是想着去超越生活。

在远方的，那不是诗。好诗总是在当下和附近。

人人都可以是诗人，但是这并不意味着我们说出的每一句话都是诗。语言和生活之间的紧张关系，是人类永恒的难题。一方面，如果没有语言，我们无法记录、反思经验。但是另外一方面，当我们用语言去描述经验的片刻，经验就变成了一个“经验模样”，而不是经验本身。在当社会变得越来越复杂，特别是权力关系和利益关系不断深入我们的生活，越来越多的语言暴力式的形塑经验。这些语言本身可能很有趣，让一部分人心潮澎湃，但是也会让其他人挫伤迷惑甚至愤怒。语言的目的不再是沟通和共情，而是宣言、指称、断定、赞美、羞辱、断绝和割裂。英雄史诗把语言武器化，让你莫名热泪盈眶，也让你欲哭无泪。我感谢 B 站上年轻人的诗歌，你们让我重新感受到汉语的多种可能性。这些诗在探索如何用言说去逼近无可言说。

比如这首《南二环的冬天》，“穿过　夜晚 / 牛皮纸一样粗糙 / 厚重、易碎的城墙 / 你是一团冷空气 / 无处可藏 / 一个垃圾桶看着你 / 一个塑料袋朝你走来”。你可以想象在北京冬天的夜晚，你走在街上，没有小巷，没有拐弯，树都排得笔直，没有一根曲线，一切都是一览无余，你的感觉确实“无处可藏”。再比如《我被黑狗咬了一口》这首诗，“黑狗”的意思可能是某种社会“毒打”，“一种空白渗透了全身”是一个小的意象，“四肢空了”“脑袋重了”是对一些基本体验的直白的描述，但作者用语言把这些基本体验捕捉住，并进行创造性的排序组合，让你重新感受到全身的失重、失序。

这些诗是年轻人对自己的一种“实话实说”，它不宣称任何东西，而是跟自己的生命、身体做对话，从而也能够跟别人对话。这些诗在激活语言本身。我一直说我们要抢救语言，不要让语言僵化，我们需要给语言加氧气，让语言不稳定化。氧气程度高的物质容易和别的物质发生反应、发生对撞、生成新的东西出来。这种有氧的非稳定性就是鲜活性、生命力。我们现在看到的这些诗就是高氧语言，它重新激发你的现实感，也让语言重新变得跟生命体验有关。

3

很多年轻人问：我们的出路是什么？这本诗集给了我们

一种答案。答案是：此刻、认真、勇敢。写诗的人和不写诗的人不一样，写诗的人需要认真地活在此刻，需要勇敢地看到此刻。

> 这个世界上有太多 / 身不由己的事了 / 有时候会觉得 / 我和一卷手纸 / 没有区别 / 每次下班 / 路过夜宵摊 / 总会吃得狼吞虎咽 / 一股子热流把身体劈成两半 / 一半是天真 / 另一半是感伤

《吃夜宵有感》这样的诗，对我来讲就传达了一种关于生活的力量。它非常精确，你能看到 ta 的疲惫，看到 ta 的怀疑。ta 迅速把夜宵吃下去，一股子热流是食物带来的肉体上的愉悦，使 ta 忘掉一些事情。但正是在这样放松的情况下，“我究竟在干什么”“我是谁”这些问题悄然爬上心头。这些问题并没有闹着要答案，但是它们在心头哼着伤感的歌。这里，有对此刻的认真，对自己的认真，对这碗夜宵的认真。这种认真，不是那种追求绩点、追求远大目标的较真。较真了，可能就没有了对此刻的认真，对自己的认真，更不会对身边的人和事认真。较真，就没有了诗意。

而能够看到此刻、看到自己，看到心里另一半莫名伤感的升起，看到自己最后“买了一张地铁票 / 去生活里陪一脸苦笑”，这是勇敢。有了勇敢，才会觉得“此刻可看”——此刻不是惨不忍睹、一无是处，需要尽力回避；此刻不是急不可待的需要别人的肯定，需要极力展示；此刻即使是平淡无奇，里面也有东西可挖、可咀嚼、可看。勇敢是一种智慧。

《中年》这首诗里这句“不再努力成为另一个人”，作为一个回答或许是准确的。

“我们的出路是什么？”拥有一个诗意的人生，不就是一个良好的状态吗？如果有了一个诗意的人生，还一定要在别人绘制的地图上找一条出路，或者在一个随时晃动的沙盘里想象着杀出一条血路？这不是放弃和“躺平”，这需要一种莫大的、持续的勇敢。要勇于认真，勇于坚守自己的尊严，勇于保护别人的尊严。培养这份勇敢不容易，读诗写诗也许会给你一点力量。

其实出路就是你自己选择的生活方式。我们永远可以自己对自己再教育，再思考，那就勇敢一点，不再去努力成为另一个人吧。你可以不用固定的预设来禁锢自己的生活方式，你可以活得快乐，尽管有怀疑、有伤感，但仍然是有力量的，你觉得自己是有用的。

写诗也是一样，写到最后往往是一种勇敢。

2022 年 9 月 26 日

于　德国柏林

12
1
2
3
4
5
6
7
8
9
10
11
Time Is Flying Away

12
11
1
10
2
9
3
Time Is Flying Away
8
4
7
5
6

第一部

地铁摇晃的声音

男人的快乐

善路履行

小区
垃圾车在倒翻斗
我
驻足观看
扭头一看
隔壁大爷和他孙子也在
相视一笑
各自转身回屋
快乐　就是那么简单

没有名字

此次呲辞刺刺猬

或许我
很适合成为一个朋友
因为我喜欢的人
都只想和我做朋友

请好好生活

人间暂留计划

我们　在陷阱里跳舞　把土地夯实
昨天　和明天脱臼　今天虚张声势
对峙和逃避　渐渐老成了　一回事
生活总是被“请好好生活”所劫持

你

里予的雨

我起床了！

我起床了。

我起床了？

Zzz

上班

肝帝董佳宁

会议室里又爆发出一片笑声
我知道，又有人接老板的下茬了
而且相当糟糕
我一言不发
面无表情地又看了几个小姐姐的跳舞视频
退出来后
开始等待机会
准备下一次爆发时加入
因为我看了一眼手机屏保
又快发工资了
我知道
及时地加入
可以成为我重要的工资依据
礼貌地敷衍
可以让我们双方都体面

可是机会总是不给那些正在准备的人
于是我又开始看新闻
然后根据新闻
迅速编了一个极其恶毒的笑话
我突然笑出来了
他们都在看我
我说
我刚反应过来

下班

董小有

天光变暗之后

依靠自身发光的事物开始增多

地铁摇晃的声音

接近夜行海滩的风浪

明天

桥推

今天答辩
昨天做的 PPT
明天呢
这样的我没有明天

人间一遭

是阿季吖_、爱鲤鱼旗的长明

我来了，他们笑着；
我哭着，他们走了；
我走了，他们哭着；
我笑着，他们来了。

时间

利正正正正

我跟在时间的后面
蹦蹦跳跳，
后来才知道
它并不是同我来玩的。

东西

Dcllyhf

一个男同学买了本“女人这东西”
一个女同学买了本“男人这东西”
我打算等他们看完，
把书借过来看看“人这东西”

欠

IECBERG

我欠父母一个女朋友，
欠亲人一场婚礼，
欠所有人一双儿女。

你，就是这个世界的解

绿泥小火炉

你不是我的人间四月天
因为我并不只执着于你最绚烂的岁月
而希望能参与到你全部的春华秋实，夏雨冬雪
你不是我长生殿上并排摆放的蒲团
因为哪怕背靠整个世界，我也在你面前
你不是我的鱼和飞鸟
因为我会为你长出翅膀和鳃鳞
冒着窒息的风险也要拥抱你
你不是我能用言语形容出来的世间一切
因为我世间一切皆是你
你包容我的骄傲，我的固执，我的随性和我莫名其妙的原则与坚持
你走过和我等长的九十九步
是我吻你的十三行诗的未尽之符
直到有一天
我无须想起我爱你
但永远也不会忘记

夏天

有山先生

春天和秋天相爱了
它们缠绵在一起
青蛙和蝉虫便开始嫉妒地诽谤

窃听者

阅读药丸

在咖啡馆做一个窃听者
介入他者的生活
相亲的男女不再年轻
——渐入佳境
话题总是热烈
因为冷场就意味着
——今日徒劳
旅行，乡下的羊
健身，家里的猫
喂养和生育
——暗流涌动
APP，微信群
如何获得免费的活动邀请
“我有一个朋友……”
——生活必然有趣

他们似乎可以聊到天明

也终止了我的好奇

我起身

瞥到男人面前摊开的书

等待的空隙

他假装看了半页译者序

原来他者的生活不需要那些书里的字句

也可以无尽地蔓延

而我

拥有满墙的书籍，孤独的回音

和四处碰壁的生活

吃夜宵有感

樱桃哒哒哒哒丸子

这个世界上有太多
身不由己的事了
有时候会觉得
我和一卷手纸
没有区别
每次下班
路过夜宵摊
总会吃得狼吞虎咽
一股子热流把身体劈成两半
一半是天真
另一半是感伤

丰收

不要叫我胡磊磊、天真的和感伤的小说家

蓝天下，飞机被黏在蛛网上。

河面上，月亮被缠在水草里。

秋天

子昭 Anyayayayayaya

夏天和冬天吵架了

谁也不理谁

于是树伤心得脱了发

迷信

闲云野鹤一嘉人

朋友说
刚刚右眼皮跳了
有种不祥的预感
要有不好的事情发生
我说
都二十一世纪了
要相信科学
说完不久
我的左眼皮跳了
我很高兴
因为我
马上要行大运
发大财了

自恋

冼买臣

太阳先生东起又西落，
起落，落起，起落起，
不知不觉的我在变老，
皱纹爬满脸，白发爬满头。

我会在种满花的小院，
坐着黄木椅，
戴着老花镜，
欣赏我年少时的浪漫。

像我这样爱写诗的人，
就算丑了，
就算老了，
也是个浪漫的老太太。

下班回家

聪明的埃里克

有人坐地铁回家
有人搭公车回家
有人上高架回家
而我只羡慕那些骑车回家的人
他们两脚腾空
自由自在

美味的罪恶

我叫 kee

手机是肉，手指是刀
每划一次就像是在切一块牛排
一口鲜，一口咸，还有一口甜

防止骑车摔跤指南

快乐的老泥鳅

下班的傍晚，

我会看天上只会在夏天出现的云，

看远处的塔吊，

看试图从两点钟方向袭击我的桔褐天牛，

看女孩子们裸露的雪白大腿和男孩子 T 恤下若隐若现的结实胸膛，

但我是一个极其叛逆的人，

我就是不看路。

闲趣

我真是吴彦祖、

路边的柳枝出墙
园艺工人把它们剪了
可恶
我还等它们温柔地撩动我的发梢
它们说
不要再低头玩手机了
马上要撞到前面的自行车啦

灭蚊

素暮絮

你每晚都愿意围绕在我的身边
可每当我向你探去
你总是悄然从我手中溜走
我触碰不到你
但可以听见你的低吟
有时候
我们血液相融
那是我们之间唯一的联系
有时候
我可以触碰你的肌肤
可一眨眼
你又无影无踪
但是啊
你跑不掉的
你最终将于我的手心之中
长眠

过夏天

人间暂留计划

从来　只有一个夏天
后来的夏天都是不肯熄灭的
明亮傍晚

从来只有一回　圆满的幸福
后来的幸福都是因为　失去过
才松了口　说圆满

就像蝉来不及思考
就被夏天抽干了
呐喊

月光

爱吃主食的狮子

月光是黑夜里的一道疤
等到日出就渐渐愈合

想你

Shelley 看

一开始总嫌弃校园小
但小真好
一想到你，这不就偶遇了么

小偷

备用粮 - 狸猫先生

时间是个小偷
偷走了我的童年
甚至关于它的回忆
可是它太粗心了
丢下了成熟

屁

Balubilubiu

我想变成一个屁
一出生就散去
有人捂着鼻子说臭
没关系
我用狭窄的一生
亲吻万物
被呼吸

心里的声音

小布鲁斯 der

我想唱歌
有人说你五音不准

我想学画画
有人说你没天赋

我想健身
有人说你根本坚持不下来

我想静静
有人不说话了
原来对面没别人

高三

时之丘

七点的闹铃叫不醒我

八点的闹钟按死又响

九点的我晕乎乎地起床

竟发现

我在五点已经穿好了衣裳

灯

天风诺

学习是灯，照亮我前进的路

补课是聚光灯，晃瞎我找路的眼

不存在

金广发

九岁那年你说要跟我谈恋爱
我当你不存在
十五岁那年你说要娶我回家
我当你不存在
二十六岁那年你说你愿意等我
我当你不存在
三十岁同学会的那天夜里
我当你不存在，我当你存在
你一会儿存在，一会儿不存在
你一下存在，一下不存在

花落去

极素雾光

西边的丘比特
东边的月老
彼女若是无心
二者也无可奈何

外婆

家氓啊

外婆总说
她害怕被埋进土里
所有人假装
没听到
棺材入土那天
挖坑的男人格外卖力
埋土那刻
哭丧的女人
下跪痛哭
外婆
没听到

第二部 一起等春天

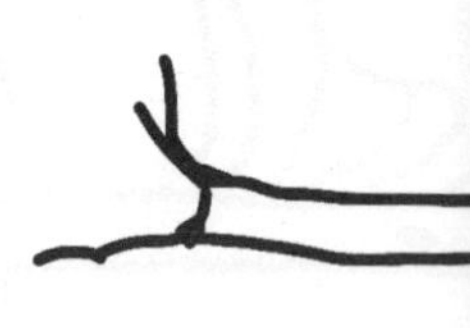

我对这个世界很满意

阿妮尔

如果有一天
我死了
我不要撒进大海
大海太深
我害怕
我也不要撒进树林
我太年轻
林子太老
我们谈不来

我想要一小块草地
能把我正好放进去
不必围栏
请让肥猫，喜鹊和友人
都来看望我

我还要一块巧匠刻的墓碑
上面的照片
一定要是我最美的模样
不必刻上我是否结婚生子
也不必刻上我家住何方
这些都不重要
我见过太白敬酒的月
也读过曹公泪编的书
我听过幼童喃喃学语
也闻过家猫温暖的皮毛

就刻上
我对这个世界很满意
便足够了

诗人笔下的生活

刘大鹅　导演小策执笔

我不会写诗
但我过着诗人笔下的生活
每天一睁眼
喂鸡，劈柴，袅袅炊烟
我有半亩良田，坐北朝南，种着粮食和蔬菜

如果没有意外
不久村头沙发上
又多了一位
沉默不语的老太太

直到有一天
有个年轻小孩
把我从田边
拽到了舞台

原来这是我，这也是我，

那是我，那也是我

可我

始终还是我

只是

我可以不止是我

超能力

小庄

只有在幻觉里
我们被隆重地对待过
那些都十几二十年前的随机事件了
说是爱也可以
说是装饰也可以
从未进行过触碰的往日们跟随我多年
鲜猛如咻咻小兽
其最大功用是协同左手与虚无时而对攻时而互搏
我于是凭此
紧张又自洽地
信奉可以不用活在对平庸的等待里

种春天

锦瑟瑟瑟瑟瑟吖

我把春天埋进土里
希望秋天能结出一树春天
秋天到了
树叶落尽
我问我的春天呢？
秋天说，你亲手将它埋葬
那时你怎不觉得荒唐?

很多东西找到了我

姜思达

肉末炒粉、小炒皇
金枪鱼抓饭
这是我今天的午餐
——这几天
他们决定着我吃什么
我在他们的监视下走动　洗澡　坐　吃饭
我像个电子宠物

但我不是电子宠物

很多东西找到了我
我不会为了一个答案，硬去提问了
我开始习惯，甚至喜欢上了这样的生活
楼上的空调过热
也懒得调弄
我可以这样生活一辈子
半辈子
五年

这对于我，已经不难了
难的是在结束的一刻，我会，和我想遇见
谁
我会哭吗
他们会哭吗

很多东西找到了我
和魔鬼交易和天使交易和上帝交易和内心的贼交易
我很快就累了
毫无怨恨

我把梦写下来
变成诗　变成画
他说
郑重地对待自己的梦，是糟糕艺术的开始
我讨厌这句粗暴的话（但我喜欢他）

很多东西找到了我
在回去的车上，我会靠着车窗低语——
很多东西，不再回来
不再回来

出租屋

黛玟毫

十几平米的空间简陋拥挤
盛着一个 26 岁的人
和他隐秘的梦想
北方的冬天既长又冷
他和他的梦
一起等春天

写诗

黑猫作家

我练习好看的字体
修辞像一把把锋利的刀
倚在门后
夜晚我披上斗篷出发
征途是险象环生的字词王国
带回一首战利品

社畜的旅行

挖山先生

想买一张火车票
去泰山看一眼日出
想买一张汽车票
去八达岭装一回好汉
想买一张飞机票
去苏州撑一把油纸伞
想买一张轮船票
去三亚冲一朵海浪
到最后
却买了一张地铁票
去生活里陪一脸苦笑

生活

会说话的硬币

生活
就像我的桌子
你可以在上面找到书籍、糖果
甚至一只袜子

写给 LPL·八之诗

SomeCat 伊人

百侣之携共峥嵘，烂漫之花笑在丛。
春寒之憩八威峰，舞象之年万丈虹。
冥冥之志三尺剑，昭昭之明六钧弓。
惛惛之事绛色才，赫赫之功斩银龙。

上班

神奇的独白

我在办公室坐着，
老板也在办公室坐着，
我不知道老板在干什么，
老板也不知道我在干什么。

我被黑狗咬了一口

十三兰德

黑狗咬了我一口
一种空白渗透了全身
四肢空了
脑袋重了
视线糊了
我被裹了个严严实实

灰尘像雪一样扬起
太阳直直坠进黑暗

我终于不再适合嬉笑怒骂
于是连心脏的盖子也按不住
冬天的最后一点影子逃了出去
从此没有了四季

我要把自己躺平
这样世界就都跟着倾倒了

夜晚

杨云焰

太阳渐渐冲西边落下，
天黑了，
世界上每个角落，
笑声逐渐消失，
只有蝈蝈还在叫着。

盲目：录制第 1 个 B 站视频前的遐想

边缘人小曹

1

他盯着床头
十元店买来的玻璃杯
一切都准备妥当
还缺一个睡着的理由

2

路是等待到达的无聊
为了不迷失在
雷同的格式里
他不惜行驶在相悖的方向

3

闭上双眼

连什么都不想这个念头也不去想

顺着日子一天天走下去

今天已经破碎

但明天可有意思了

4

梦里一对爷孙走过

老人止步不前

小孩雀跃不已

他看见自己注定走过的一生

姐姐

三三 Amelie

姐姐　是非常温柔的称谓
就感觉　仅仅是喊出
姐　姐
这两个字

下一秒
就会得到一个拥抱

夕阳落在哪里

九三的耳朵不是特别好

我想用我收藏的东西换一个秘密
用这些我珍惜的东西换这个秘密
拥抱恋人的欢喜和照亮我们的满天星辰
所以呢　告诉我　夕阳落在哪里

我记得不停追逐的脚步
只为与你并肩而立
记得温柔却处在虚无之中的只言片语
可惊动了我　那忽尔掠过的光线
让我想去追寻　你到底落在哪里
我记得那白漆斑驳的走廊
尽头的你遥不可及
记得清澈的你长大后也时常充满顾虑
别唉声叹气　那光影也变得清晰
让我想去追寻你到底落在哪里

我的床头没有书

洛叶

本来是想去买菜的
可是又不想去了
下了碗面条吃
这里的夜空也很少看见星星
没有谁对谁互道晚安
我的床头也没有书
我只是实话实说

游思

陈红庆

我心里有两条虫，
一条让我去很远很远地方的虫，
一条让我永远永远留在家人身边的虫，
它们让我的心好痒。

疏远

...啊达...

在？忙？

在！忙！

过去

乌云装扮者

北京冬天时，广西还是秋天，
天气和夏天没有太大区别。
只有植物证实着季节的交替。
黄色的花朵和稻穗铺满田野，
温柔的景象有时被矮小的山峰隔断，
是“芳草鲜美，落英缤纷”的时刻。

广西的公路弯弯曲曲，
这让地面的行程变得延缓、摇曳，
容易晕车。

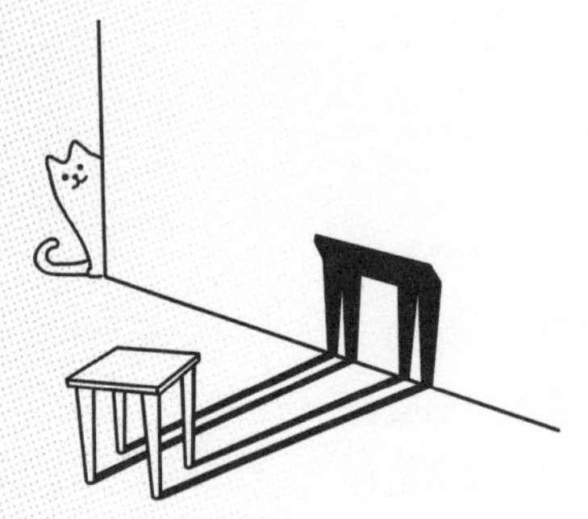

一年两回

不高兴就喝水

北上广深杭
北上广深杭
你燃烧的地方
自那年你放下书包换上行囊
家
改名为故乡

成为诗人

小何 Bryce

我半瘫在床上
看了看墙上的灯
看了看合上的窗帘
楼上爸爸的哈欠声
打断了我成为诗人的念头

昨天明天今天

孤臣危涕孽子坠心

从昨天中确认存在，
从明天中幻想未来，
昨天确认了你是谁，
明天规划了你是谁，
唯独少了你正在成为你。

游乐园

翟理思

为什么孩子们能得到更多的欢乐
而他们的门票却仅仅是半价

为我而活

萨萨

没错
我是一个自私的人

呱呱落地
每一声郑重的哭啼
都在向父母宣告
人生主权的独立

没错
我是一个自私的人

我学习
不是为了工作

我工作
不是为了养家

我养家
只能是因为爱情

花

天真的和感伤的小说家

我想变成一朵花
一出生就枯萎
有人嗅着鼻子说不香
没关系
我用激烈的一生等你路过
被忘记

复活春天

青舟写作自习室

太阳

加热冬天最后一场风

掺进微笑里　融化在孩子的脸上

大地　长出十几种绿色

大口呼吸　它们悄悄藏起阳光

白云　像走散的羊群

天黑前　在蓝色世界里觅食

人们　还未来得及脱去冬天的伪装

百花　都活着回来了

说话

fregtoll

他不会说话，
他说了好多话，
还是不会说话。
终于他不说话了，
他学会了说话。

月夜

空白注销

如果月夜让我慢下来
我试着慢下来
如果张开双臂拥抱我
我试着爱上它

长相

天真的和感伤的小说家

从摇椅的 45 度看过去
右边的颧骨深陷下去
如果是透视的关系
颧骨的后面是鼻骨
鼻骨的右上方
是眼珠的玻璃球体
泪腺就藏在那里的什么地方
如果你学会了哭
流出一道
从眼轮匝肌到口轮匝肌的高光
手并不需要在他本来的地方
让他离开身体
漂浮着
而原本漂浮着的东西
比如悲伤
反而变成具体的形状
组成横膈膜　肺叶的样子

起初你注意
光从一个地方过来
后来他们来自各个方向
明暗关系开始复杂
有些地方左边是高光
右边是阴影
而另一些地方
右边是高光
左边是阴影
他们不像是来自同一个空间
是临时拼凑起来的
原本前景的小腿
反而比后景的耳朵还要小
原本躲在阴影里看不见的东西
变得无比清晰
比如我早就忘记的
曾祖母的长相

豁达的风

馬越

豁达的风
昨日抵达
没有暴雨
只有狂风
没关严的窗
走漏了风声

缠

叶先生跑丢的野马 __Ling

戴表的左手有些隐痛
不知是表带缠得太紧
还是时间缠得太紧

第三部

♡ 普通浪漫

常玉

贾逸可

世俗是讲究的素描，
沙漠和黑白的线条。
裸女和小象知道，
浓淡不是色调，
而是无言的孤傲。

咖啡店爬锈的墙角，
手执半卷红楼盘旋舞蹈，
透过霓虹的夜色问我，
哪里才能寻找，
凯旋的符号？

若即若离的枯叶，
低吟着异国的香颂。
孤枝遥远的尽头，
花才有常玉的味道。

纸和笔的舞台，
弓和弦的对白。
用朦胧的色彩，
孤独姿态，
在沙漠里徘徊。

冷和暖的摇摆，
虚和实的感慨，
梦飘到城墙外，
就不该，醒来。

星空下向日葵田的文森特梵高，
苹果后马格里特的烟斗与黑帽。
举世闻名不及一抹为浪荡折腰，
提琴叹息悲鸿的白驹和志摩的桥。

埃菲尔铁塔错过了维克托雨果，
忘记沙龙匆匆而过的浓妆素裹，
马卡龙说它的颜色太多却很脆弱，
圣母院的角落是谁在等我。

爱我，我说

姜思达

在真正的大火以前
烫过手指
也是疼的吧?

芳心的纵火犯
矫情的受害者
某个火被某个灰烬认得

它不再言语了
你如释重负
它用一次小的飘落
赎回一次小的罪过

爱我，我说
爱我

夕阳

云朵打了个喷嚏

夕阳把它自己的时间给了你，
让你看起来年轻了些许，
当它藏起来的那一刻，
它连带着你的时间都夺取了，
让中年的你显得格外沧桑与衰老。

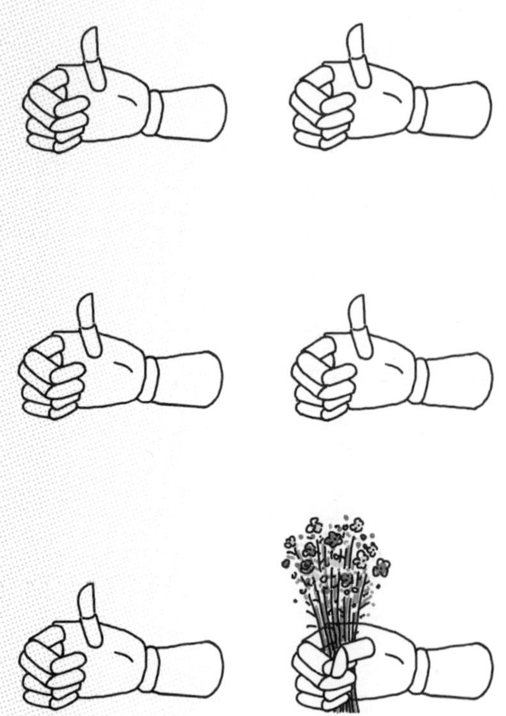

暧昧

叶三

他有很多秘密，

随时准备对她展开

他是装中药的柜子，浑身小抽屉

晒着太阳

等待

没有风。

阳光里，万千微尘

她眨了一下眼

犹豫。

献给妹妹

中文系五匪子

好朋友，我不是什么披荆斩棘的人哪
但话匣子里　你说你害怕极了的时候
我伸出左手，痛痛摩了话匣子的头
大多数时候，我这样脉脉又寒碜
因为，好朋友，我不是什么披荆斩棘的人哪
古道西风地，我像是一个罐子
他们对我装填　或者掏空
重新书写使人皲裂，重新书写使人赤裸
好朋友，我永远是个普通工人，普通浪漫
我可以给你种柿子，可以织毛衣
很多年，我可以带着我的话匣子在山坡上生活
好朋友，我不是什么披荆斩棘的人哪
当我想念你的时候
我像乡道货车上的长夜里
一头摇摇晃晃的生猪

饮酒

塔逸仙、较真行

李白与黄河共饮
黄河醉了
非说自天上而来

李白也醉了
竟然信了它的话

新中老年

江奈生在轨道

嗯，你我都像浮萍，

是夜班公交窗外灯影，也是公园的舞蹈明星，

只剩下对生活总还算有的憧憬，

擦干泪后向前狂奔，每个夜晚倒向酒精。

敷衍

地表五行缺心眼

嗯嗯

好的

我知道了

真的笑死我了

一口气

红色的烟花

我长叹一口气
好像浑身变轻松
可是我发现我的石头还是很重
原来只是呼出了一口气而已
一口几乎可以忽略重量的
二氧化碳

节日

王菊

假期的朋友圈里
都是花花绿绿的
秀美食、秀红酒、秀朋友聚餐
那些用了美颜、加了滤镜的照片
我赞了却不羡慕
我羡慕那些和爱的人在一起幸福到无暇拍照的人
毕竟秀了过节也不是为了集赞
而是在等一个重要的人，问候一句节日快乐

无声河流

高云芬

自由自在地流，
我才不在乎流到哪里。
随着时间的流逝，
一边流一边看着两岸生命的种种迹象。
这日子无忧无虑，
过得逍遥自在，不做任何事情。
看着生命成长到去世，
年复一年重演着，
看着那些人类文明渐渐成为历史，
我感到了孤独。
你是否会喜欢这种生活？

秋天

秋十三君

田伸个懒腰　笑
哗哗响
吃谷子的鸟却不来
稻草人哭了
没有其他人知道

爱神

秋秋

末日还没来临
恋人们先逐一赴死
心碎成一场暴雨
淋湿了城中的月亮

爱神还在欺骗更多的人
小声在他们耳边说
“别担心
我会保护你到最后”

吞没

判官赵

被夜晚和树林吞没
被声音的余温
和好多个“去年夏天”
吞没

钉子户的台灯
和飞蛾一起
低空飞行
涣散凝结

一盏摇摇晃晃的月亮
一罐叮当作响的牛奶
都变成蓝色酒精
被吞没

南二环的冬天

好奇的小伙

穿过　夜晚
牛皮纸一样粗糙
厚重、易碎的城墙
你是一团冷空气
无处可藏
一个垃圾桶看着你
一个塑料袋朝你走来

靠近

圣代

赶在日落前见你也好
晚风送去我的心跳
夕阳把影子拉长
或许能离你更近一点

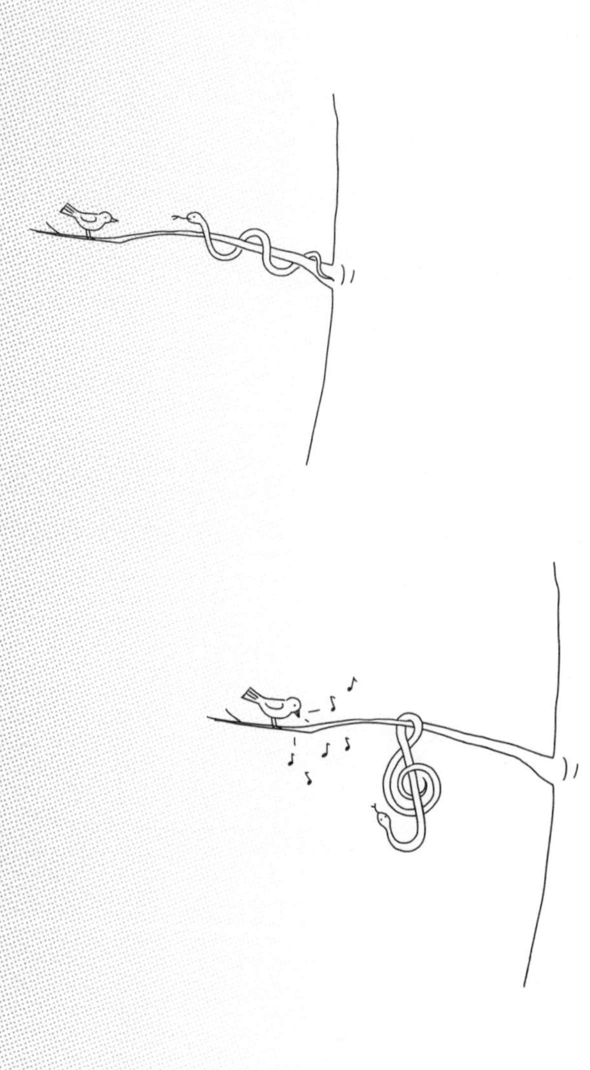

夜晚

陈姊钿

有很多星星，
月亮弯弯的，
人们在夜里乘凉，
听着动物们的歌声。

迎面撞上你自己

一只小光呐

不要试图闯入我的灵魂
那样你会迎面撞上
你自己

温柔

馬越

植物的绒毛
云朵的白
果核的纹路
呼吸的你

猫

董小有

独居的人
从世界外部
退回到自己的房间
由于很多这样的时刻
他开始养一只猫

猫的世界没有内外

感谢

李晨阳

冰冷的雨中，
温暖的手，
那是父亲的怀抱。

减去你得到我

植楮

减去青色　减去漆桶
得到一只遗弃的猫
眯着一只眼的鸡毛掸子
减去舌苔　减去藏起来的樱桃
得到唾沫　唾沫里是被偷窥的少女
夹杂的痰　是发馊的草裙
减去溺水的小人　减去悸动
是四声的杜鹃　是林子的死角
打着哈欠伸着懒腰
减去失眠是老套　减去月亮会索然
还是减去我中意的眉心
顺便减去你
加一个刻意的吻
得到硕大的广告牌
刊登减去抑郁的药
和一张红桃　是打扮的笑

减去我随心所欲

减去我信手而来的字眼

减去夜半雀跃的口哨声

减去热和不安

减去所有　包括宇宙

然后只剩你和我

如果执意要减去海

那是否还会有孤岛？

平安夜

暗号大老爷

在床头挂个克莱因瓶
整个世界
都是你的礼物

上海

real 谷智轩

骑车经过阔大的桥并见证日落
以及庄严而无谓的建筑
空气如同发烫的固体
但植物还有亚热带的湿润
城市已经足够美观了
但还是　差点什么

黄浦江上的黑船

拓野

它黑色江水围拢一次致密的、分疏的窖变
它藏有多少古物指南？是岸灯让江水窖变？
卢浦大桥在绿色螳螂[1]前围猎一场黑船
那场黑船交驶过的祭礼，喉舌交接过的歌队

分光视看江水图谱，交尾后的鱼唇
但这只是材质的乐曲，并非声音

非山非海的纯粹噤声。质地松散又紧张
之后，祖母的船还在向现在驶来吗？感到睡意
的丝线，悬粘了头顶躺进，淌不进我们足底的
瞭望台。身后大风追，乃至身前无尽路
我们心底胎质，烤制紫色的釉彩，蒸湿后
云雾渗入实证后的谷地

一个老朽点。滞留怀中墩形盏直到惊裂
直到它分身给黑船。许多号角
稍复杂的都留给下一个造型，稍后
一个不朽圆。受着船形的胎记
稍后黑船分享神色。而它许多躲闪

注：1. 绿色螳螂为一建筑，位于龙美术馆附近。
作者按：文中斜体或有受包慧怡近作影响。

吃席

幽径空竹

门前宾客满座欢声笑语，
从村头聊到村尾，
从天南聊到地北。
他们好像已经忘记了，
为什么能坐在此处，
远处的人以为谁家举办婚礼。
直到音箱里传来低语，
才想起一直睡在棺椁里的人。

来不及

不高兴就喝水

呼吸放缓

面容舒展

跳动的线终于平坦

我隔着一方屏幕

怨万水千山

怨车马太慢

怨我自己离家太远

破阵子

安州牧

一曲凉州听醉，玉笛声寄阳关。六郡山河归梦里，
谒向长安拜冕冠。可怜时运艰。

古塞长风明月，从来难止流年。画壁千眸询旧事，
残卷孤灯伴夜眠。曲出菩萨蛮。

镜子的解剖学

学院派 Academia

你这一生最后悔的
未酬的玫瑰
带倒刺的信件
哎呀
小说家问道
谁愧对镜子?
可它毕竟是我的解剖学
那夏天里等不来的落日

世界反过来了!

陈红庆

海是火辣辣的,
太阳是冰凉凉的。
我落在叶子身上,
蚂蚁要来踩我了!

诗人说

于贞

我打电话问一个诗人
能不能把他的歌词谱成歌文
他拒绝我的请求
说让诗留在上层

我们关心诗歌吗?
多少的热搜在沸腾
多的是信息肆流
诗歌不名一文

我妈妈教导我
朗读和背诵的课文
古老的诗篇记载的灵魂
仿佛依然栩栩如生

你要爱上这个世界
诗里的语句才会通顺
而我已经笔下晦涩
再写不出漂亮的回文

诗人说诗歌不应该被唱成曲
诗歌不该用来听
诗人有点奇怪的口吻
仿佛诗歌中有黄金

诗人也是我的爱人
诗人不想流芳百世
诗人说隽永的故事
却不应该为人知

我爱你的诗句
我写给你
甚至，
我写给自己就可以

无题

娄艺潇

徐徐凉风，兮兮月色，
桃花未盛，凋零落。
借问，正春微寒孰之过。
漆漆秀丝，青青目色，
琴女阁中依镜坐，
谁知，情深缘浅故事多。

树叶

叶凡

树叶是小孩，
在树的枝枝丫丫中长大，
学习和树分离的本领。

爱

苗嘉禾

爱是　火山爆发后发生的故事，
爱是　洪水退去后发生的故事。

写给孩子们的四季

吴敏霞 口述，刘琼 执笔

在莹透的朝露中
我想写一则春天给你
那里有
养分充足的光
不忍释手的书
一间方寸小屋
和安静生长的我

在蓬勃的阳光下
我想写一页夏天给你
那里有
无数次的翻腾
无尽量的汗水
三米高的跳板
和不知疲惫的我

在和煦的午后风里
我想写一篇秋天给你
那里有
倾心靠近的爱
安心若素的等
琴瑟在御的静好
和欢喜如盼的你们

在金子般的黄昏时
我想写一本冬天给你
那里有
风雪不摧的绿
世俗不染的白
枝繁绕梁的庭院
和行坐枫林的我们

第四部

不为人知的河流

嫁衣

孙一圣

六奶奶勤俭节约一辈子
出阁时的一身红嫁衣，结婚当天没舍得穿
结婚以后她把嫁衣仔细叠好
用一个铁盒子装好深深埋进屋中的土里。
临死之前，她让儿子把嫁衣挖出来当寿衣穿。
叮叮当当刨出来，铁盒都生锈了
嫁衣还完好如初，光线若画。
六奶奶的手指头一碰
嫁衣即刻化为了灰尘。

收藏家

别了烟云

夜空是个收藏家
他有许多的星星
有规则的，有不规则的；
有眨眼睛的，有一动不动的

狗狗是个收藏家
它有许多的骨头
有鱼骨头，有肉骨头；
有完好无缺的，有啃了一半的

奶奶是个收藏家
她有很多的儿子
有大伯，有二伯
有三伯，有我爸爸

我也是个收藏家
我有许多的试卷
有及格的，有不及格的；
有没写完的，还有一字未动的

接生记

印第安老斑鸠啾啾

去打印作业
打印店的叔叔
的手机在放莫扎特
我的作业
是听着钢琴曲出生的

温暖

何孟佳

春天的第一场雨，
夏天的第一朵荷花，
秋天的第一个果实，
冬天第一场雪后的太阳，
妈妈怀抱里沉睡。

注：世间万物温暖，生活温暖。

洗头

大密度蓝

不需要自己洗头的晚上
是需要自己洗头的晚上的
八倍长

夹缝

乔干洛马

楼下的钢琴声是理想
楼上的吵架声是生活
我夹在理想和生活中间
进退两难

看云

陆二喜

很长时间了
没有像这样认真地
看会儿云
大片大片、棉絮般漂浮着
时而哈哈大笑
时而面露悲伤

太阳从云中钻出来
放出夺目的金光
把田野照得发亮
炊烟升起
像每个寻常日子那样
云就在背后漂浮着
时而哈哈大笑
时而面露悲伤

所有快乐都充满了悲伤

夏炎

你步入深山的时刻
留给我们枯瘦背影
山上长满了不死的野草
就像我们所走的路
荒原般繁华，灯黑酒白
我们学会成为悬崖
学会在最后一步停住
学会挣钱，学会胆小如鼠
学会无所畏惧，游戏人间
学会打电话给妈妈
学会带孩子出去旅游
学会说我没事一切都好
学会在无神的世界赎罪

问道

没故事的安安

我问牛顿，宇宙的意义是什么

“不知道”

我问爱因斯坦，宇宙的意义是什么

“不知道”

我问霍金，宇宙的意义是什么

“不知道”

或许宇宙本没有意义吧

那三人齐声对我喊

“不可能！”

后悔药

UP 何足道

我对上帝说
我好讨厌蚊子啊
能否让它们全部消失呢
上帝表示没问题
十年后
科学家研发了一种胶囊
服用后能在手臂处
生出为期三小时的红色小包
挠一挠
可以很舒服
尤其是夏天的夜晚
坐在草地上
吹着风

被蚊子咬醒了

馬越

忽觉
被爱人亲吻苏醒为上上醒
自然醒为上醒
被蚊子咬醒为中醒
噩梦而醒为下醒
地动山摇为下下醒

爱

小精灵

我们把伤口美化成勋章
把遗忘连带感情搁浅在时光
让自己独自在幻境中拾荒
名为眼泪
清澈的雨水
已经过滤了肮脏
在雨中焚烧着的“女巫”
用祈祷掩饰着自私的祝福
那掩埋了一切的道路
长出了树
被风吹拂着
吹拂着
当果实掉落
捧在手心
我们啃食着
爱——————

2022

暗号大老爷

乘坐扶梯时请握紧扶手，站稳扶好
不要倚靠电梯，不要逆向跑动
海上风浪较大，注意脚下安全

黄昏

判官赵

坐在车里，看着落日余晖
渐行渐远
有一秒我开始庆幸
我挨过了那些艰难时刻
比如你离开的
那个夜晚

21 年、5 年和 25 天

龚毅星 Owen

张有志拿了张椅子，

站上去，取出摆在酒柜最顶层的 21 年威士忌，

用手擦了擦，倒出一杯。

今天，是他们分手的第 25 天 16 个小时 35 分 20 秒。

这瓶酒张有志放了 5 年，

是女友攒了半年的钱送给他的。

张有志举起杯，一饮而尽，

“原来是这个味道啊，果然存不住。”

张有志哭了。

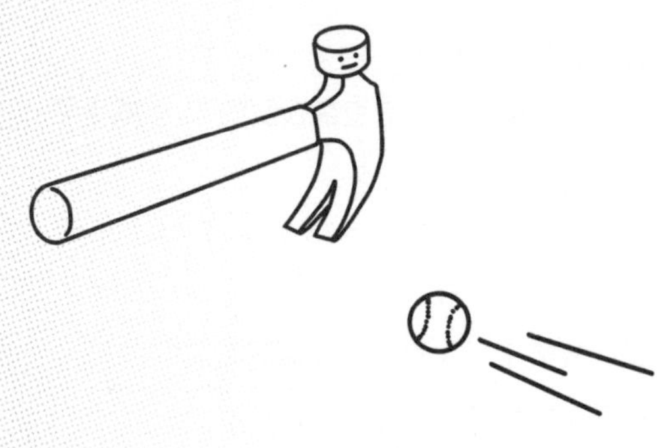

障碍物

Simonsumingjun

你骑着车向我迎来
刚出现在我的面前便绕了开
原来，
我是你道路上的
障碍物。

心跳

高艳如

什么是心跳啊？
是那奔流不息的长河，
是那滴答滴答的雨滴，
是春天的绿叶，
是秋天的枯叶。

与水有关

原来是科幻酱

让淋感来得再猛烈些吧！

水珠咆哮道

良久

花洒妥协了

浴室里一片沸腾

可是，傻珠珠

我舍不得你消失啊

花洒望着水流哗哗

喃喃自语道

不为人知的河流

流马

夜深了，法桐树叶仍然在响
那哗哗的声音，多像一条披挂在枝头的河流
河床平坦，水声洋溢着适意和安全

这个时候再有鸟声
反而不那么贴切了，我的乌鸦早就沉默
而蛙鸣从更远的地方传来
正从连绵树冠的下游向我回溯

抽完这根烟就睡吧
没有什么好等待的了
不为人知地爱着这个世界
相信世界也不为我知地爱我

就像流淌在窗外的这条河
今夜它并不知道自己存在
但我听到它对我的信任
允许我在入梦之前，先有这样一个发明

刚好

姜思达

刚好，降温的第一天
给孩儿织好了棉裤
刚好
镜头里多余的人头
被一只海鸥
挡住

刚好

我喜欢你

但我不嫉妒

爸爸

管稳祯

爸爸说
看着我的眼睛
我眼睛里有什么？

你的眼睛里，
印着一个深深的
我。

观火

冷夜 ____

站在屋檐下，
嘲笑
风刮得太小，
雨停得太早。

月夜思

李玉刚

月明柳梢头
灯映寒窗后
孤影着霓裳
对镜卸红妆
抚云鬓　暗思量
莫愁　曲终人散后
独彷徨
但愿　鼓鸣乐起时
纵欢唱

小于廉

三河豚

隔壁传来高压水枪的声音

是失火了吗

醒醒

今天周五

我在啤酒吧的厕所隔间

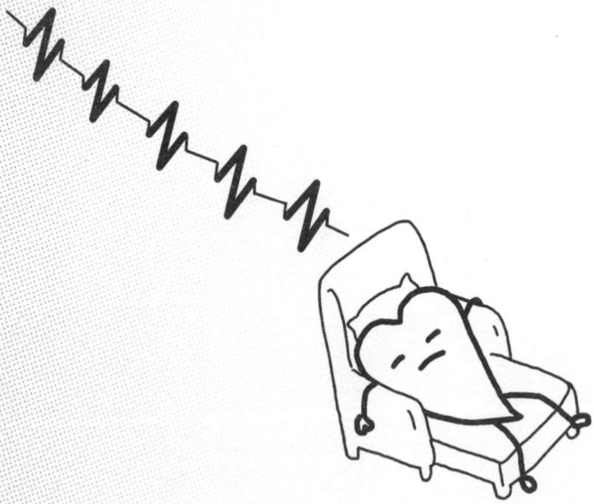

在茶楼上

旧海棠

天井，毛竹，紧挨着黄叶的芭蕉。
而越过屋脊的，是远处绛红色的爬山虎。
此刻，你我皆在这里。
深茶色的玻璃窗里映着一尊佛像，
许是中年的佛陀，抑或老年的佛陀，
他修行已满，面沉如睡，
自由出入在那样的沉静里。
屋内的灯愈加明亮了，
因为茶楼外已近黄昏，细雨密稠，
织出另一个尘世……

地铁

人生处处是美梦

手臂从气味的密林里生长出来
时间从头发丝上滴落
从困顿的眼皮　从通话键　从耳机线上溜走
在漆黑的车厢里凝滞
时间　通过惨白的屏幕
和人们进行不等价的交换

中年

real 谷智轩

肚子的起伏
只是一个信号
想要成为的
渴望占据的
比以往任何时候都要整齐
管不住我的嘴
也管不住我的心
但谈论欲望已不合时宜
也不再努力成为
另一个人

童心

高全胜

有一天，当你已迟暮
望着镜中银丝和窗外的雪
你是否还会想起
月神殿守护的那轮弯月
和青青草原上
回荡不息的欢声笑语
我想，只要那些声音还会响起
童年就将永不逝去……
那一颗颗灿烂晶莹的童心
“你们等等我！”

雨

叶凡

下雨的时候，
心里的事，
都被一点点地落了下来，
到了地面上，
都给了花草树木了。

罗马诗章

柳向阳

从翡冷翠到罗马，一朵白云
二百八十里路，始终跟随着我。
无论是山，是海，是树木，还是高速路边的挡板，
附近的房屋和人家，全都转瞬而去，
只有一朵白云，飘荡在天边，伸手不可及

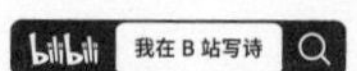

湖 岸
Hu'an *publications*®

出版统筹_唐 奂
产品策划_景 雁
特约编辑_刘 会
责任编辑_张勇锋
统筹编辑_袁舒舒
营销编辑_王雅伟 翁岚兰 李嘉琪 黎 珊
特约营销_赫 冉 毛海燕 庄媛媛
封面设计_One → One Studio
版式设计_陆宣其
责任印制_陈瑾瑜

@huan404
湖岸 Huan
www.huan404.com
联系电话_010-87923806
投稿邮箱_info@huan404.com